자유의 몸짓

# 자유의 몸짓

조 동 일 시집

동산문학사

매산등!
정겨운 돌담을 따라 수많은 사람들이 오르내리며
매산의 동산이라 불렀다.
그곳에는 사람들의 추억과 그리운 이야기들이 쌓여갔고,
그래서 늘 우리의 마음을 설레게 하는 곳으로 남아 있었다.
"옛날에 우리 학교 다닐 때…"
매산등의 화두는 그렇게 시작하고 그렇게 이어져 왔다.
여태껏 나의 시간도 대부분 이곳에 있었다.

그리고 지금은 정든 매산등을 떠나 새로운 시작을 했다.
녹록지 않지만 새로운 꿈을 만들고 키우고 있다.
다만,
인생의 후반전인 만큼 옛날을 회상하는 일은 어쩔 수 없다.
이것이 나의 삶이요, 시가 되었다.

내가 시인이라 불리는 것은 가당치 않다.
이 세상에 얼마나 위대한 시인들, 주옥같은 시들이 많은가?
사람들의 심금을 울려주는 훌륭한 시들은 그들의 몫이다.
다만, 가끔씩 나에게도 내 생각, 내 색깔, 내 향기를
자유롭게 끄적거리는 것은 허용되리라 생각했다.

글을 쓰는 행위는 진실을 추구하는 것이고
나아가 우리가 살아가는 이 시대의 치열함과
보편적 정신을 담아내는 일이 아닐까 한다.

그러기 위해서는 나의 삶, 나의 영혼이
가장 원시적인 모습으로 글과 정결하게
일치하는 모습이 되기를 바라면서
있는 그대로 가식적이지 않은 시 조각들을 써보고 싶었다.
그리고 시어를 잘 모르고 서툴지만,
이미 시작한 일이니 이렇게 마무리하고 싶었다.

용기를 내게 해주신 장병호, 심한식 선생님과
팔마문학회 동인 여러분,
그리고 무엇보다도 내 아내와 가족들에게 감사를 표한다.

2024년 6월, 순천 향림골에서

조동일

# 진솔한 자기 고백의 시
## - 조동일 시집 출간에 부쳐

장 병 호(문학평론가)

우리는 누구를 만났을 때 그 사람의 인상을 통해 성격이나 인품
을 파악합니다. 절대적인 것은 아니지만 그래도 상당한 확률을 지
닌 까닭에 사람들은 곧잘 그렇게 눈썰미에 의존하여 상대를 판단
하곤 합니다.

조동일 시인을 처음 대면했을 때 참 부드럽고 의젓해 보였습니
다. 어떤 일이건 낮은 자세에서 모나지 않게 물이 흐르듯 순리대
로 풀어나갈 사람으로 보였습니다. 과연 시간을 두고 겪어보니 그
첫인상이 조금도 틀리지 않았음을 알 수 있었습니다. 오히려 사려
깊은 태도와 차분한 일관성, 합리적인 일 처리는 처음의 예견을 훌
쩍 뛰어넘을 정도였습니다. 아마도 그러한 풍모는 오랜 교직과 신
앙생활로 다져진 내적 성숙의 결과일 것입니다.

어느 날 조 시인이 무척이나 부끄러워하면서 당신의 등단작이
실린 문예지를 저에게 건넸습니다. 저는 그 책을 받아보고 한편
놀랍고 한편 기뻤습니다. 대학에서 역사를 공부하고 교단에서 역
사를 가르쳐온 역사학도가 설마 시를 쓰리라고는 미처 생각지 못
했는데, 새로운 문학의 동지를 만났다는 반가움이 앞섰습니다. 아
울러 기왕 문단에 발을 들였으니 흐지부지하지 말고 줄기차게 나
아갔으면 좋겠다는 바람이 생겼습니다.

그래서 벼르던 끝에 조 시인의 퇴임에 즈음하여 문학 활동을 함
께 할 것을 권유하였고, 다행히도 그 뜻을 흔쾌히 받아주어서 저와
함께 문학의 길을 걷는 동반자가 될 수 있었습니다. 우리 문학회

회원들도 그의 원만한 성품과 문학적 열정을 높이 사서 그에게 문학회에 봉사할 수 있는 직분을 맡겨 오늘에 이르고 있습니다.

조동일 시인으로부터 첫 시집을 내겠다는 말을 듣고 저는 또다시 반가운 생각이 들었습니다. 그의 시집 출간은 다소 늦은 감이 없지 않으나 그동안의 창작활동을 총정리하는 한편 작가로서의 존재감을 드러내는 일이기에 크게 박수를 보내지 않을 수 없습니다. 그야말로 농부가 땀 흘려 농사지은 수확물을 이웃들과 나누는 것과 같이 흥겹고 보람찬 일이 아니겠습니까.

이번 시집에 나타난 조동일의 시는 진솔한 자기 고백으로 읽힙니다. 별다른 시적 기교를 부리지 않고 가슴속에 담아 놓은 사연을 털어놓는 겸손한 어조가 읽는 이의 마음을 편하게 해줍니다. 특히 절대자를 향한 기도 형식의 시가 두드러져 보이는데, 이는 시인의 깊은 신앙심에서 연유한 것으로 짐작됩니다. 또 지난날을 돌이켜보며 역사적 의미를 새겨보는 시편들에서는 진지한 역사학도의 면모를 엿볼 수 있습니다.

이 밖에도 시인은 계절의 순환에 따라 여러 감정을 털어놓기도 하고, 지금껏 걸어온 길을 되돌아보기도 하며, 자신의 내면적 성찰과 더불어 가족에 대한 진한 애정을 내비치고 있기도 합니다. 이러한 작품을 통해 우리는 시인이 어떤 심성을 지니고 어떻게 사는 분인지 넉넉히 파악할 수 있습니다.

오늘날 폭발적인 영상매체의 범람으로 문자언어가 위축받는 상황에서 펜을 붙들고 있는 문학인의 존재는 사막의 오아시스처럼 귀하고 소중하게 여겨집니다. 조 시인의 시집 출간은 문학인으로서 본격적인 도약을 알리는 신호탄이기에 더욱 반가움이 큽니다.

시 창작만이 아니라 수필에서도 녹록잖은 역량을 보여주고 있는 조 시인의 향후 행보가 자못 기대됩니다. 첫 시집 『자유의 몸짓』 출간을 거듭 축하하며, 앞으로의 꾸준한 발전과 성취를 빌어 마지않습니다.

| 차 례 |

# 제1부 삶의 빛

# 제2부 매산길에서

# 제3부 역사의 길

# 제4부 바람이 지나간 자리

# 제5부 자유의 몸짓

조동일 제1시집
자유의 몸짓

제1부

삶의 빛

# 삶의 빛

주여, 여름이 지나간 자리
나는 철 지난 바닷가에 서 있습니다
파도는 끝없이 바위를 치고 부서집니다
아득한 수평선을 응시하며 상념에 젖습니다
빛을 찾고 싶었습니다

지난날 인간의 나약함을 믿게 했던
그런 일들이 생각났습니다
사람의 향기 없이 저질러진 일들은
심장을 찌르는 비수가 되었기에
어둠의 그림자가 아직 남아 있습니다

나는 절대 고독자인 당신을 찾습니다
오직 당신만이 할 수 있는 일이기에
당신의 빛을 보기 원하였습니다
당신의 손을 잡을 수 있기를 바라면서
내 마음은 간절히 당신을 향하고
당신의 사랑을 기다렸습니다

우리의 상처와 아픈 곳을 만져줄 손길,
다정스러운 숨결, 연인 같은 속삭임을
그리하여 따스한 은총과 함께 다가오는

당신의 미소를 느끼고 싶었습니다

간절한 소망은 삶의 빛을 보는 것입니다
당신만이 어둠을 밝히는
희망의 등불임을 깨닫는 것입니다

# 나의 젊은 시인

내가 생각하고 내가 믿는 것이
진리임을 확신했던 시대
그것을 위해 온몸을 던지고 기꺼이 헌신하리라던,
거칠지만 젊음과 낭만이 살아 있었다

80년대 후반 격동의 시대
아직도 이따금 들려오는 함성이 귓가를 울린다
함께 했던 친구들이 생각난다
그 중엔 정말 아름다운 시인이 있었다
국어 선생님이었던 그는 늘 느낌이 좋았고,
나는 그런 그에게 우정을 느꼈다
그는 말이 별로 없었다
다른 이들이 격렬하게 논박할 때도 그는 주로 듣는 편이었
다
그렇다고 흥미 없는 사람처럼 건성으로 듣지 않았다
오히려 그는 무언가에 몰입하고 깊이 사색하는 사람이었다

사십여 년 이상이 지난 지금
나는 그의 시를 읽는다
진한 방랑벽과 아직도 남아 있는 강렬한 정열,
그리고 사랑의 체취를 느끼면서
그는 여전히 구도자의 길을 걷고 있다

어쩌면 영원히 잡히지 않을 그것을 찾기 위해

비 오는 날 피아골을 다녀와서
비는 내 등 뒤에 있고
내 눈앞에는 꼬여서 걸을 수도 없는
길이 있다고 말한,
그리고 생은 그처럼 미궁이며
그 길의 끝에 서 있다고 말한
나의 젊은 시인은 그렇게 서 있었다

# 추억

노오란 숲속의 지나온 길
숱한 기억이 나를 깨우나니
우리를 이어준 것은
순수, 사랑과 우정
서로의 부딪히는 신념들이었지

쓰라린 시련과 아픔에도
가지 않은 길을 걸으며
굽이굽이 삶의 고비들을 지나
오늘 여기 있는 것임을

깊은 혼돈 속에서
산이 있고 계곡이 있고
푸른 풀밭과 시내가 있었던
그것이 우리의 삶이었지

어둠 속 저편 희망의 빛이
신기루처럼 멀리,
아주 저만치에라도 있었기에
우리의 발걸음은 이어졌지

# 젊은 시절의 방황

장맛비가 종일 쏟아졌다
굵은 빗소리에
삶의 장터가 펼쳐졌다
절망의 도시, 우울한 거리
온갖 잡배들이 판치는
어둠, 삶의 현장

그렇지만 무대 뒤에는
살아있는 꿈틀거림이
혼처럼 날아다니고 있었다
모든 것이 혼미할 때
그는 허우적대고
무언가 갈피를 잡기 위하여
몸부림쳤다

어디까지 왔을까
나는 어디에 있을까
나를 만질 수 없었다

# 청춘

불타는 청춘은
가슴을 뛰게 했지
먹구름 속 한 줄기 빛이
그 시대의 힘겨운 삶을
희망으로 이끌어 주었지

사랑과 우정이 있었기에
사명이 있었기에
청춘은 특권이었지

힘겨운 순간에도
모든 것을 걸 만한
이상향이 있었기에

세월이 흐른 지금은
반역의 시간
모든 것 되돌아보기만 하지.

# 그날

그날의
가을비가 내린다

우울하게
할머니의 눈물처럼
슬프게

멀리 가버린
엄마를 부르는
어린 누이의 심장이
잔잔히 뛴다

그 운명 같은 일이라니
나는 그날을
다 지워야 한다

# 봄의 소리

봄이 오기까지는
추위는 더 계속되리라

겨울잠 깊은 곳의
풀벌레가 울고
개구리가 두 발을
신비의 힘으로 차고 오를
그 순간까지

메마른 가지에서
모진 눈보라 견뎌낸
인고의 매화가
꽃망울 터뜨릴 때까지

머지않아 저 들판에
따뜻한 바람이 불고
화사한 복사꽃 피어
내 마음 흔들어놓을 테지

# 시월의 중턱에서

시월의 햇살이 들어와
태초의 하늘처럼 아득하게
나에게 다가온다

넓게 펼쳐진 들녘이 풍요롭다
시골 돌담길 곳곳에
붉은 홍시가 된 감들이
주렁주렁 열려 있다

익숙한 것들의 고귀함,
무르익은 것들의 아름다움이여

시원한 바람이
가슴의 무게를 쓸어주는 계절
나는 이 찬란한 고독을 받아들인다
이 가을엔 사랑해야지
모든 것들을 그리워해야지

거스를 수 없는 빛이 떠오른다
해가 서산에 기울어질 때까지
밤을 헤치고 저 동편을 넘어
또다시 해가 솟을 때까지

# 젊은이의 기도

주여, 아침에 일어날 때면 나의 가슴은
답답하고 미칠 것 같은 기분에 휩싸이게 됩니다
속이 쓰리고 온몸이 나른해서 견딜 수 없습니다
이럴 때 참담한 마음으로 나는 주님을 찾습니다
이 세계의 바깥에서 일어나는 모든 다툼과 시기와 분쟁
그리고 모든 기쁨과 슬픔과 희망을 주관하시는 당신을
나는 갈급한 심정으로 부르짖습니다
나의 기도는 집요하고 심오하고 간절한 것입니다

그러나 주여,
나는 한 번도 당신 앞으로 나아가보지 못했습니다
주님과 대좌하면서 참으로 순결한 고독과
따뜻하고도 은밀한 사랑을 느껴보고 싶었지만
언제나 그것은 환상이었습니다
아니, 나는 당신을 두려워했다는 것이 옳습니다
너무나 완전하신 주님을 생각할 때마다
나는 열등감으로 괴로워하고 있었습니다
자신을 돌아볼 때마다 느꼈던 부끄러움과
그로 인한 참을 수 없는 고독이
당신으로부터 스스로 멀게 했습니다

주여, 나에겐 용기도 결단도 없습니다
오직 주님의 은총만이 마지막 해결책입니다.
다만 주님이 나를 아직도 그리고 앞으로도
계속 사랑하실 것이라는 사실만이 분명한 것입니다

# 청춘의 고뇌

이 순간은 아픔
어둠이 우리의 타오르는
젊음을 삼킨다
소리를 콱콱 질러댄다

목이 멘 소리로
컬컬한 목청이 트일 때까지
살아가는 아픔
느끼고 체험하는 아픔
일상을 반역하는 관념의 아픔도
이 순간은 잊자

이렇게 정신없이
시간과 마음이 흘러가다니
이 순간은 잊자
그리고 내일을 준비하자
갈급한 사슴처럼
시냇가를 찾아가자

어둠, 깊은 어둠에 파묻히자
새벽의 동이 틀 때까지

# 사월에 서서

눈 부신 햇살도 없는데
무슨 신비의 기운 있어
외로운 대지를 깨우는가

사월의 복사꽃은 이토록 화사한데
비 오고 바람 불면
이 꽃도 속절없이 떨어질까

살아있는 것마다
절정의 순간들은
우리에게서 영화처럼 멀어져
찬란한 슬픔이 되나니

사월은 그렇게
서글픈 희망을 남긴 채
안개처럼 사라지는
아득한 그리움일까

나는 오늘 사월에 서서
서러운 봄비의 사연 싣고
들판을 지나가는
꿈의 여행을 이어간다

# 슬픈 희망

1988년 행복예식장에서
형은 고무신을 신고 와서는
낭랑한 시인의 목소리로
축시를 읽어주셨죠

하루살이 밥벌이를 위해
공사 현장을 찾아다니며
힘겨운 하루 끝나면
이 땅의 노동자
피 울음 씻어주는
눈물의 시를 쓰셨죠

날마다 번 돈
술을 마셔대면 술도 못 이겨
혀 꼬부라지는 소리로
슬픈 희망을 이야기하셨죠

나약한 형은 그렇게
이도, 간도 나빠지고
소리 없이 가셨죠

내게 남은 건
형이 써준 시 한 편
우리의 시대는
그런 그리움을 남겼어요

# 상실

이 겨울이 지나가면
헤어져야 할 아픔이 있다

누군가를 잃어버린다는 것
가슴은 무덤이 된다

소중한 것을 더 이상
볼 수 없을 때
익숙한 것이 사라지는
상실의 아픔이 밀려온다

세월이 흐르면
그리움이 되고 추억이 된다지만
새로운 만남이 있기까지는
삶이란 이별의 연속이다

사라진다는 것
잊혀진다는 것은 상실이다
다시 돌아갈 수 없는 길
아무런 느낌이 없어지는 것이다

# 고독

고독이란
그곳에서 멀어지는 것

부끄러운 기억도
황홀했던 순간도
사랑도 그리움도
꿈같이 아득해지는 것

마침내
나와 나 자신이
멀어져
내 영혼마저 분리되어
홀로 남는 것

# 낙엽의 꿈

잊혀져 가는 늦가을
한때를 장식했던 나무들이
모진 바람의 들판에서
마침내 화려한 잎새들로
새 옷을 갈아입는다

그들은 비로소 낙엽이 되어
장엄한 죽음으로 나아가고자
황홀한 자태로 날갯짓한다

사명을 마친 성자처럼
미련 없이 하늘을 떠돌다
온몸을 불태우며
자유로운 연기로 승화한다

여기에 다다른 우리의 나무도
이렇게 가지만 할랑 남겨놓고
하얀 겨울을 꿈꾼다

# 가을에

가을에는
황홀한 그리움이 살아나네
거친 들판에 쏟아졌던
지루한 장맛비는
한여름 밤의 꿈이었네

한점의 스치는 바람에도
손을 흔들어주는
이름 모를 들꽃이
나를 반겨주네

찬란한 태양 저편에서
내 몸에 비추는 한 줄기 빛
나의 심연에 빗방울 하나
영롱한 눈망울 되어
나의 영혼을 깨우네

아, 가을은 무슨 향기로
그리움을 깊게 하는가

# 비에 젖은 가을

깊어가는 가을
기다리던 보슬비가 내리고
하늘은 잿빛으로 물든다
소리 없이 젖은 도시는
안개로 덮인 무진霧津이 된다

스산한 바람이 불어온다
헤어날 수 없는 이 계절은
나를 깊이 침잠시키고
고요의 늪으로 빠지게 한다

속절없이 떨어진 낙엽이
아스팔트 위를 뒹굴며
사람들에게 바삭바삭 밟힌다
삶에 지친 사람들에게
시와 노래를 선사하는 것이리라

그리움이 불현듯 솟아나고
허무한 슬픔이 일어난다

구름 뒤로 숨은 해가
홀연히 오로라를 일으키고

온 세상이 붉게 타오른다

해는 이렇게 저물어간다
돌아오지 않을 오늘을 남긴 채

# 삶의 소리들

삶의 소리가 빗속으로 들어간다

고기 파는 아줌마의 호객 소리
깨 벗은 아이의 울음소리
리어카꾼 아저씨의 비굴한 웃음소리
소금 장수, 엿장수의 가위 소리
남자와 여자의 떠드는 소리

나는 아픈 배를 움켜쥐고
어지러운 머리를 흔들며
배반된 저 침묵을 깨뜨리려 했다

비 쏟는 저 거리를 걸어보자
내 몸의 뜨거움이 식을 때까지
위대한 몸짓으로 걸어보자

가치의 배반, 사실의 몰락이 초래한
관념의 회오리
비상한 탈출로
저 새벽 동트는 언덕 향해
초인처럼 달려가 보자

나는 저 앞에 펼쳐진 신기루를
뚫어지게 바라보았다
삶의 소리는 가까이에 있었다

# 젊은 날의 노트

안개 속에 숨어버린
그때를 생각하면
환상에 젖고
웃음 짓고
한숨이 나오고

가슴이 뛰고
부끄러워 숨기고
원망이 꿈틀거리고
연민이 일어나고

사랑하자 용서하자
서로를 부둥켜안고
굳게 맹세하던

한 장의 추억이 담긴
내 영혼의 샘물 같은
아, 젊은 날의 노트여

# 어둠의 강을 헤엄치다

광풍이 지나간 뒤 정적이 흐르는 밤
한 사람이 범람한 강에 휩쓸려가고 있었다

그는 강기슭에서 허우적거리며
문득 급류에 휩쓸리는 자신을 의식하고
강 한가운데 솟은 큰 바위를 붙잡았다
하지만 그의 손이 미끄러지고 말았다

그의 몸엔 온갖 악세서리들이 꿰어져 있었다
그 모든 것은 껍데기였다
관념적인 지성과 막연한 동경,
비현실적인 욕망들
이따위 수많은 보석들이 장신구처럼 딸려
그의 경호원 구실을 해왔다

그는 늘 불안이 도사리는 그곳에 있었다
극도로 억제된 욕망,
위선의 모습을 하고
의미 없는 몸짓을 계속하고 있었다

그의 밤은 너무 깊었다
그는 어둠의 강을 헤엄쳐 갔다.

# 가을의 상념

무언가 자기도 알 수 없는
관념의 심연 속에서
불현듯 감상적 방황을 하며
바람 부는 거리를 거닐다가
어느 운치 있는 카페를 찾아
한잔의 커피를 마신다

인간의 약함은 본질이기에
사랑하고 싶고
사랑받고 싶어 목을 매는
참을 수 없는 계절
가을은 그래서 좋다

피로에 지치고 숨이 거칠어져
짓눌려 땅속에 묻혀도
눈물, 눈물만 짓는
서글프고 아름다운 계절이다

# 신은 내 머리 위에

지리산에서 친구의 엽서가 날아왔다
그곳은 천왕봉을 눈앞에 두고 실비가 내린다고 했다
그 실비는 롱펠로우의 시구처럼
'신은 내 머리 위에 있다'라고 말한다고 했다.
소아마비로 다리를 심하게 저는 그가
노고단과 천왕봉을 오를 수 있다고?
나는 그가 거기에 있다는 사실을 믿어야 했다
그가 하나님이 계시는 천왕봉을 눈앞에 두고 있다는 것은
눈앞에 벌어지고 있는 엄연한 현실이었다
나도 마치 그곳에 있는 듯했다
나의 검은 머리털이 봄바람에 날리고 있었고
온몸이 머언 나라로 실려 가는 꿈을 꾸었다
한없이 아름다운 꿈이었다

조동일 제1시집
자유의 몸짓

## 제2부

# 매산길에서

# 향림의 노래

오리정 다리를 건너
석현길 굽이 돌아가면
조비골 바람이 불어온다
석현천 계곡물이
강아지처럼 졸졸 흐른다

천년의 숲 향림에서
진한 솔 향기가 피어나고
사찰의 그윽한 풍경 소리가
고요히 향수를 깨운다

동네 녀석들과 놀러 와서
발로 돌멩이 차고
도토리 주우며
정답게 놀았던 어린 시절이
영화처럼 떠오른다

조비골의 언덕에
소리 없이 떨어진 아우성
그 자리의 향연

여기에 수북이 쌓인 낙엽이
오늘 우리의 노래가 되었지
우리의 사연이 되었지

# 무진의 아침

동천 뚝길 따라
무진霧津의 안개를 뚫고
아침을 맞이하리라

봉화산 죽도봉 위에서
눈 부신 햇살이 솟아난다
잠잠하게 고요하게

아득한 시절
운명처럼 짊어졌던
삶의 무게를 돌아보며

내게 다시 찾아온
무진의 아침을
두 손으로 맞이하리라

# 행복이란

아침에 일어나
두 팔을 쭉 뻗고
얼굴과 귀를 만진다

아내와 밥 한술 먹고
사과 한입 넣고
물을 들이킨다

믹스 커피를 마시며
거실 창밖을
운치 있게 바라본다

책을 읽고
역사가 되는 오늘을
글로 써 본다

그리고 눈을 감는다
간절히 기도한다

이러한 일이 날마다
일어나기를 소원한다

# 로터리 Y 찻집

어둠이 드리워진 시절
매산등 구부러진 돌담길을
홀로 지나
로터리 Y 찻집 들어가면

어둠 속 불빛 선명한
언제나 구석진 그 자리에서
뜨거운 커피 한잔에
그리운 갈증을 마셨지

사랑 없어 인정 없어
내가 사는 이 땅 한탄하며
얼굴 무릎에 묻었던
로터리 Y 찻집에서

누군가가 나를 부르는 소리에
끝내 하지 못한 응답을
그늘진 뒤안에 숨겨놓았지

# 동천은 우리에게

동쪽의 눈 부신 태양
봉화산 위로 솟아올라
우리가 살아온 이 땅에
아침 햇살로 피어난다

어릴 적 헤엄치며 놀던
동천은 은빛으로 물결치며
죽도봉 밑자락을 굽이 돌아
맑고 푸른 옥천 넉넉히 품고
풍요의 저 엄마 품 같은
갈대숲으로 들어간다

동천은 마침내
드넓은 바다로 유유히 흘러
우리의 산 역사가 되고
오늘의 순천이 되었다

# 동천의 꿈

나는 노래하리라
내가 살아온 순천을
노래하리라

봉화산을 바라보니 좋아라
삼산 봉우리의 전설과
매산의 언덕도 좋아라
아침마다 떠오르는 눈 부신 태양
하얀 햇살로 사뿐히 내려와
연인처럼 속삭이던 영원의 시간
그 깊이와 아픔, 그리움 실은
찬란한 은빛 물결이 좋아라

죽도봉 굽이 돌아
꽃이 피고 새가 날아오는
저 너른 풍요의 갈대숲
이곳에 우리의 꿈이 있었지
이야기가 있었지

동천은 이들을 넉넉히 품고
마침내 무한의 바다로 흘러
우리의 숨결이 되었으리

# 희아산

월등의 들녘에 서서
이마의 땀방울 훔치고 고개 들면
희아산이 보인다

그곳에는 늘 밝은 햇살이 있어
세상이 온통 캄캄할 때에도
시커먼 먹구름 사이로
환한 자태를 장엄히 드러낸다

북으로 곡성, 남으로 월등
호남정맥의 경계선을 이루며
세찬 겨울에도 하얀 눈으로
빛나는 들판 만들어주고
해가 서산으로 기울면
달빛 찬란한 붉은 노을 비춘다

황홀한 신비 자아내는
그대는 나의 햇살이 되고
드넓은 대지를 환히 밝히는
선샤인이 되었지

# 문유산

노고치에서 등성이 따라
688 문유산 정상에 이르면
호남정맥의 산하가 펼쳐진다

신선들이 구름에서 내려와
경치에 취해 머물렀던 문유산

사월이면 어김없이
산 중턱에 화사한 복사꽃 피고
기쁨과 환희 가득한
하늘의 향연 펼쳐진다

문유산은 남쪽에 넓게 자리 잡아
벌판의 추운 바람 막아주고
광야에서 능히 견딜 힘을 준다

지친 나그네의 입가에도
안도의 호흡이 피어오르는
든든한 쉼터
흐르는 영원의 시간 속에
언제나 변함없는 그 자리

편안히 기대고 싶은
저 문유산을 바라본다

# 매산길에서

살아있음이 이토록 벅찰까

영원을 부르는 너의 이름
세찬 바람결 비끼며
매화는 스스로 화려하다

인고의 어둠을 터뜨리는 먼동
파르르, 사월은 차라리 서럽구나
그리움이 그리움의 빛깔로
언덕 너머 화안히 햇살 비추리니

살아있음이 이토록 벅찰까

음침한 광야를 떠돌던
믿음 없던 사랑은 이제
우리네 가슴을 때린다

살아있음이 이토록 벅찰까

나부끼는 것은
우리네 소박한 꿈이다, 사랑이다
시린 계절의 뒷등으로 굽이치며
오늘이 이다지도 눈부시게 빛나다니

# 2월이 오면

2월이 되면
꿈틀거리는 것이 있다

얼어붙은 깊은 곳에서
숨죽이며
내 안에 차오르는

찬 바람 견뎌내며
온갖 희망으로 태어날
생명의 원천
살아있음의 증거

2월이 오면
더욱 설레는 마음으로
찬란한 봄을 기다린다

# 황폐한 땅

선생님이 아이에게
모욕을 당하고 발길질을 당했다

선생님이 교실에서
수치를 당하고 생을 마감했다

선생님의 인권은 없는
아, 황무한 땅

분노의 거리에는
기뻐하는 소리, 사람의 소리 없구나

한때는 사랑했고 한때는 엎드렸던
이 땅에 해와 달이 사라졌구나

짐승의 밥이 되어버린 황폐한 땅
죽임이 난무하는 애곡의 골짜기

아, 언제나 이 땅에
따뜻한 바람 불어올까

# 바닷가에서

바닷가에서
자갈을 보았어요
동글동글, 밍글밍글,
문들문들

그리 이쁘게 된 것은
다 상처 때문이에요

나무의 나이테를 보세요
얼마나 모진 바람에
견뎌주었게요
오늘의 영광은
다 아픔으로 된 거예요

거친 비바람은 우리로
견디게 해주었어요
부드럽게 해주었어요

쓰라린 기억이
오늘에는 다
아름다운 덕이 되는걸요

# 매산의 언덕

아골兒骨의 돌밭에는
버려진 아이들의
마른 뼈가 뒹굴고
민중의 애곡이 가득했지

이곳에 빛이 들어오고
푸른 잎이 살아났지
이른 봄에 매화꽃이 피고
돌담에 햇살도 피어났지

등경은 산 위에 있나니
매산등은 산 위에서
세상의 어둠을 밝히는
빛의 동산이 되었지

빛이 있으라
꿈이 있으라
매산의 언덕에는
사랑과 희망이 피어났지

# 매산의 부활

아침 햇살처럼 소리 없이
매산등에 하얀 손님이 찾아왔다
오랜 풍상의 자리에서
마른 고목나무 가지에 피어난
그 눈부심이여

사월의 잔인한 억압조차
신념 앞에는 무릎을 꿇나니
살아있는 것들은
광야의 메마름을 뚫고
새로운 생명으로 돋아난다

이제 낡은 기억을 떨치고
눈같이 하얗게 부서지리라
저 매산의 언덕에 올라
눈부신 꽃들을 맞이해야지

# 막다른 지점

세상을 살다 보면
눈앞이 캄캄할 때가 있다

하늘을 가린 먹구름도
그 사이 틈새로 비추는
빛이 있는데
내게 단 한 줄기 빛이 없어
암담할 때가 있다

수천 길 낭떠러지에서
내 손 잡아줄 나무 하나
내가 기댈 바위 없어
막막할 때가 있다

죽음보다 더 강한 그림자
내게 다가올 때
한 번의 숨도 쉴 수 없는
막다른 지점이 있다

# 월등 가는 길

봄비, 서러운 봄비가
대지를 깨우는 날
가슴 설레는 처녀처럼
나는 월등을 간다

길고 혹독했던 겨울
눈 덮인 희아산에서
깨어나는 들판을 보러
나는 월등을 간다

죽었던 것들,
지난날 잊혀진 것들의
숱한 기억을 되살리고

봄비 내리는 날
눈부신 존재로 피어나는
붉은 꽃들을 보러
나는 월등을 간다

# 노신사의 자리

오래전부터 노신사는
향림의 숲길을 걷고 있었다

큰 키에 바바리코트,
어울리는 회색 중절모를 쓰고
혼자서 걷곤 했다
그는 약간 우울했으나
미소 띤 불그스레한 얼굴엔
연륜이 묻어나고
삶의 품격이 있었다

그는 가을 낙엽의 정취와
기묘하게 조화를 이루었다
그가 걸어간 길은
가을이 훌쩍 지나간 훗날
춥고 거친 겨울에도
쓸쓸하고 아름다웠다

나는 그의 흔적을 밟으며
멀리 떠나버린
노신사의 자리에서
인생의 깊이를 생각했다

# 부용산을 찾아서


홀연히 가버린 바람 따라
소리 없이
부용산 낙엽을 밟는다
돌이킬 수 없는 오리길에서
한 줌의 흙을 밟는다

회오리바람아!
흘러버린 시간
잡초 무성한 무덤 속에서
애달픈 그리움으로 잠들어
부용산 하늘 아래에서
무슨 꿈을 꾸었느냐

사람들은 너를 불렀다
사람들은 너를 찾았다
제주에서
여수와 순천에서
지리산에서
드넓은 남도에서

가을바람에 실려 가버린
솔잎 사이 너를 찾아

부용정에 늘어선
빛바랜 꽃무릇처럼
애달픈 그리움으로 서  있다

# 부용산의 노래

부용산에 올라
외로운 비석 앞에 선다
무성한 잡초는
세월의 무상함이라

누이의 넋을 기리는
위로의 한 마디는
시가 되고 노래가 되고
삶이 되고 혁명이 되어
시대의 고비를 넘어왔구나

하산길 솔밭 사이
회오리바람 타고
나의 노래, 나의 숨소리
숲속의 정적을 깨뜨린다

산허리에 부는 바람이
이마에 스친다

하늘만 푸르러 푸르러
아, 누이여, 나의 누이여
고이 잠들지라

# 위대한 스승

서울 종로에 가서 내가 누구냐고 하면
매산중 교장이라는 것을 아는 사람이 아무도 없을 것이다.
나는 매산중학교에서만 교장이었다.
나는 기억되기를 원하지 않는다.
흔적도 없이 사라질 것이다.
퇴직 이후에도 자연인으로 살아갈 것이다.

1992년 2월
나의 스승 고 장규석 교장 선생님이 퇴직하실 때
교직원들에게 마지막으로 남긴 인사말이었다

# 마지막 문을 나오며

젊은 날 교육 민주화와 참교육을 외쳤다
90년대에는 절망했고 회의에 빠져
교직 생활은 깊은 수렁에서 헤맸다
아이들은 역사 수업을 잘 듣지 않았고,
나는 아무런 감흥이 없었다
밀레니엄 시대에 메마른 이데올로기에서 벗어나
인간 실존을 발견하고 휴머니즘을 갈구했다

그리고 학교 경영자의 길을 걸었다
100년의 역사를 가진 미션 스쿨의 여정을
동료 선생님들과 함께 헤쳐왔다
36년간 모든 영광을 뒤로 하고 퇴직했다
매산의 미래를 염려하지만 남은 자들의 몫이다

나는 제2의 인생을 살고 있다
인생의 남은 여정도 가야 할 길이 멀지만
하나님이 동행해 주실 것이다
오늘 모든 것을 잊고 편안한 밤을 보내려 한다
내일부터는 멋지게 나이 드는 법을 찾을 것이다

우리는 하나님이 창조하신 피조물이다
목적이 있는 존재이다

하늘로부터 주어진 사명이 우리에게 있다
넓은 세상에서 나만이 할 수 있는 역할이 있다
가만히 앉아서 기다릴 수 없다
평생에 걸쳐 미션을 찾아야 한다
그래서 인생은 흥미롭다
두근거리는 마음으로 미션을 찾을 것이다

# 이발소 아저씨

로터리 이발소 아저씨는 나이 팔십이 넘도록
의료원 로터리 샛길 줄무늬 막대 돌아가는
그 자리에서 오랜 세월 내 머리를 깎아 주셨다

이발소 벽면 작은 TV 옆에는
농염한 여인의 사진이 실린 캘린더가 걸려있고
한 번도 교체한 적 없는
낡은 거울과 녹슨 세면대도 늘 그대로였다

눈도 잘 보이지 않고 허리가 굽은 아저씨는
언제나 변함없이 일일이 면도도 해주고
머리도 손수 감겨주셨다

동네방네 영감님들도 참새처럼 모여들어
서로의 안부를 묻고 시국을 이야기하며
학력도 신분도 없는 동네 사랑방이 되었다

조동일 제1시집
자유의 몸짓

제3부

역사의 길

# 역사의 길

돌이킬 수 없는 역사는
운명처럼 되풀이된다

동인이냐 서인이냐
개화냐 척사냐
영남이냐 호남이냐
좌파냐 우파냐

삼전도의 치욕은 계속된다
굴욕적인 개항과
을사년의 보호조약과
아, 그리고 식민지 망국

그들의 죽창은 부러지고
풀잎처럼 스러지고
뜨거운 함성은 사라지고
공정과 정의가 훼손되다니

아, 돌이킬 수 없는
누구도 거스를 수 없는
역사의 수레바퀴 속에
이 땅의 눈물은 누가 닦고
민중의 피는 누가 마르게 할까

# 나비의 꿈

나비는
녹슨 철도를
넘고 넘는데
우리는
우리는 무엇인가

백두도
한라도
노래, 노래하며 나는데
우리는 무엇인가

수없이 쌓여온 아픔은
가시지 않고
나비는
말없이 날고 있다

# 백제의 미소
- 서산마애삼존불상 앞에서


하늘의 뜻이 임하여
한강에 도읍을 하였더니
웅진에서 다시 사비를 돌아
천년의 꿈 창대히 이어가던
백제의 이름이여!

바다 건너 산동으로 가는
천하의 새 중심 서산에서
고풍 저수지 지나
강댕이골에 발이 머무니
밝은 햇살 환히 비추는
백제의 수호자여!

한쪽 벼랑 인바위에
좌로는 미래, 우로는 현재
양팔에 거느리고
슬픈 듯 아닌 듯
형언할 수 없는 신묘한 미소로
천하를 살피시네

천년 왕국은 아름다워라
둥근 얼굴에 매력의 구원자여
백성 사랑 품은 은혜는
천년만년 흐르네

# 전선의 산하

1984년 3월을 부질없이 장식했던
눈사태가 한풀 꺾인 채
전선에 아슬아슬한 봄비가 내렸다
욕망과 기억을 뒤섞은 봄비,
겨우내 황폐해진 땅속을 파헤치며
죽어 잠든 뿌리들을 일깨우겠다

전선의 산하에는 잔인하게도
한 치의 생명도 돋지 않고 있다
다만 말라빠진 가지와
퇴색된 활엽수들로 덮여 있다
저만치 저 얼어붙은 깊은 땅속에서부터
이제 새로운 바람이 불어올 것을
막연히 희망할 수 있을 뿐이다

# 탄금대에서

남도에서 탄금대까지
단숨에 달려온 발걸음은
남한강이 남으로 흘러
달천의 굽은 강과 합류하는
이곳에 멈춰 섰다

조선의 이름 높은 장수가
배수의 진 쳤던 언덕이
여기였더냐

말 타고 중원을 질주하며
번개같이 칼춤 추던
조선의 병사들아
꽃다운 넋들이 진토 되어
이 땅에 뿌려졌구나

오늘 임진년의 이야기는
우륵의 탄금 소리를 타고
선명하게 흐른다

# 신성포에서

노루섬이 보이는 신성포
바다 위로 붉게 떠오르는 해는
1598년을 기억하고 있다

이 땅을 유린하던 무리들이
미치도록 날뛰며
피바람 일으킴이 그때인가

주먹 불끈 쥔 사람들아
화살 맞고 창칼에 찔리며
목숨 건 결기로 적을 물리쳤구나
아, 역사는 누구를 영웅이라 하는가
그들이 바로 진정한 승자요
길이 빛나는 영웅이어라

용서도 화해도 없는 세월
누군가가 거짓 평화를 운운할 때
저 바다 섬에는
역사의 분노가 다시 살아난다

나는 노루섬을 바라보며
선열의 핏빛 옷깃을 저민다

# 시대의 간계

우리의 간절한 소망은
이 시대의 타오르는
촛불이 되었건만
시간이 흘러
지금은 질투의 시간

공정과 정의는 메아리가 되고
혁명은 산하처럼 멀어지고
신기루처럼 아득해지고
우리의 의기는 혼돈에 빠졌구나

깃발이여! 촛불이여!
회의와 불안을 떨치고
다시 일어나야 한다

시대의 간계를 깨뜨리고
저 산 너머 끝이 없는
그 길을 가야 하리

# 침묵의 세월

아! 그 살벌했던 시절
우리 모교 운동장에서
손가락질받고 빨갱이로 몰려
총 맞아 퍽퍽 넘어졌지

내 고향 선산 마을
당산나무 앞 인민 법정에서
반동 간나로 몰린 사람들은
발에 차이고 죽창에 찔려
그렇게 죽어갔지

반군이 내려오는 밤이면
귀한 독자 십 대 소년
내 아버지는 겁에 질려
뚤방 마루 밑에서 날을 샜지

성경을 가르치던 학교에서
앙심 품은 제자의 무고로
학생 주임 선생님이
대낮에 경찰에게 끌려가
서면 구랑실에서 총살당했지

아, 서로 죽고 죽이던 시대
좌우가 무엇이더냐
회한의 아픔 가슴에 묻고
끝내 침묵해야만 했던 이 땅
그 통곡의 세월이여!

# 대마도 가는 길

아득한 바람에 실려
대마도에 다다르니
역사의 세월이
천년의 연민처럼 다가왔다

남북으로 길게 뻗은 길
히타카츠에서 이즈하라로
바다에 실린 기억들이
낯설지 않게 밀려온다

하얗게 부서지는 해변의 파도를
멍하니 바라보며
알 수 없는 심연으로 들어간다

고대 백제인이 숨 쉬고
역사는 흘러
여말선초麗末鮮初 영웅적 정벌과
임진년의 쓰라린 기억이 교차하고
통신사 행렬의 위용과
덕혜옹주의 슬픈 이야기가
하염없는 강물에 실려 있다

한국인의 발길은 이어진다
낚시꾼들의 원정과
연인들의 즐거운 도피,
사명에 찬 종교인의 선교의 발길
전진하는 역사의 바퀴 속에
과거와 현재가 만난다

오늘도 천년의 어둠을 깨우는
도도한 물결 대마도에 흐른다

# 빛나는 조연

아침에 집을 나서
정걸 장군의 생가를 찾았다
고흥군 포두면 길두리

그의 흔적은 없었다
백성 위해 80 노구 일으켜
조언을 하고 지략을 펼치며
판옥선을 만들고 화살을 나르며
바다와 육지에서
그가 떨친 영웅적 전공은
여기에 없었다

나라 위해 아들 손자까지
삼대三代 부자가
전장에서 혼절하였건만
그의 기억은 없었다

그가 태어난 생가터에는
교회가 세워져 있었다
바윗돌에 새겨진 성구가
눈에 들어왔다

'그 잎사귀가 마르지 아니함 같이'

그는 역사의 간계에 빠져
조연으로도 잊혀진 존재가 되었다

하지만 그는 내 마음에
마르지 않는 잎사귀요
영웅보다 빛나는 보석이었다

# 그날이었다

광장에서 너의 이름을 불렀던
바로 그날이었다

그들의 화려한 휴가가 시작되고
기관총 소리, 치솟는 불길
어두운 하늘 고립된 금남로에서
젊은이의 붉은 피 솟구치던
바로 그날이었다

군홧발에 짓밟히고
트럭에 실려 간 꽃잎들
5월 27일 새벽 모든 것이 끝나버릴
바로 그날이었다

진실을 가슴에 묻은 후
속절없는 세월이 흘러
누구나 자유롭게 광주를 말할 때
혼자 숨죽이며 흐느끼던
바로 그날이었다

서로의 거친 손을 잡고
살아야 할 이유를 알았을 때

죽은 자가 산 자를 깨우는
5월의 바다로 도도히 흘러가던
바로 그날이었다

# 평화의 노래

1980년 5월의 그 날
도시의 고요를 깨뜨리는
총성, 대포 소리
아, 검은 하늘 검은 땅
치솟는 연기로
광기를 덮는다

너는 무엇을 위해
이 밤 다하도록
미치광이가 되어
울부짖으며
깨어지고 부수었느냐

네게 참된 자유 있었느냐
참된 평화 맛보았느냐

# 부활의 노래

흐르는 시간 앞에
한없이 나약한 그대는
빛바랜 낙화

꽃이 지는 그 자리에
그대는 화려한 추락을
알고 있었는가

그대가 사뿐히 밟은
선명한 발자국이
부활의 대지를 깨우는
고결한 희생이었음을
알고 있었는가

# 오월의 십자가

꽃잎처럼 떨어진 붉은 피
망월동 영령들 앞에서
그때의 진실을 마주한다

금남로를 가득 메운
뜨거운 함성, 깃발이여
아, 야만적 폭력 앞에
힘없이 스러져간 동지들이여

아, 젊은 날의 맹세
그 생생한 기억의 아픔
잔인한 배반의 세월이여

목숨이 다하도록 지켜온
자유와 정의의 깃발,
타오르는 민주의 횃불
순결하고 고귀한 그 피는
강이 되고 산이 되었네

오늘 새 희망으로 피어난
묘비 없는 죽음 앞에서
나는 어린양의 붉은 피와
부활의 십자가를 보았네

# 싸움

대통 선거 앞두고
난리다 난리
온 나라 내 편, 네 편
남의 동네, 우리 동네
나는 선, 너는 악

여태 그래왔듯이
이 싸움 이겨야 해
우리가 이겨야 해
이건 독립운동이거든

아, 우리의 갈라침으로
좋은 세상 찾아올까

역사는 정의로운가
역사는 어느 편일까
하나님은 우리 편일까

# 한여름의 전쟁

코로나의 기세가 여전한
뜨거운 여름은
해묵은 전쟁을 예고한다

세기의 강대국 골리앗들은
굶주린 사자처럼 먹이를 찾아
으르렁거린다

가장 가깝고도 먼 나라,
그들 또한 양심도 없이
시비를 그치지 않는다

우리도 여태껏 싸워왔다
동인이냐 서인이냐
주전이냐 주화냐
개화냐 척사냐
좌냐 우냐
남이냐 북이냐
서로 치고받고
죽을힘을 다 소진한다

역사에는 선악이 없는가
하늘의 뜻은 무엇일까
아서라! 민중이 일어난다
고부에서 죽창을 들고
우금치로 나아간다

# 선거가 끝난 뒤

모든 것이 끝난 시간
혁명의 뒤안길에서
거대한 반동의 물결이 밀려올 때

민주의 꽃이라는 선거가
민중의 눈을 속인다
누구도 거스를 수 없는
민심의 이름으로
반동의 힘을 드러낸다

사람들은 온몸으로
부조리에 맞서다가
거대한 썰물에 밀려간다

혁명의 뒤 끝에 우리는
역사의 파도에 밀려
더 나은 세상을 향한
소중한 희망을 빼앗긴다

# 굿판

사는 것이 안 풀리고
돈도 못 벌고 재수도 없고
몸이 아프고 쑤시면
사람들은 당골네를 찾아갔지

그녀는 짙은 화장을 하고
울긋불긋한 색동옷 입고
덩실덩실 어깨춤을 추며
신령한 주문을 외우며
신나게 한판을 벌였지

칠흑의 어둠 속 뚫고
신바람 지나가고
무수한 혼령 다가올 때
어린 소년은 가슴을 조이며
할머니에게 달려갔지

당골네는 잡신들에게 빌어
산 자들의 아픔을 씻겨주었지

# 핼러윈의 거리
- 이태원 참사 희생자를 추모하며


그해 시월 어느 날
또 한 차례의 핼러윈이
심야를 틈타 불어닥쳤다
도시의 좁은 골목엔
수많은 꽃들이 떨어져
나뒹굴고 있었다
사람들은 그 위를 밟고 지나갔다

아, 나는 좀 더 성숙한
좀 더 고독하고 아름다운
가을다운 가을을
그토록 갈망하고 원했지만
오늘의 계절은 이다지도
난폭하게 굴고 있었다

핼러윈이 휩쓸고 간 거리엔
어두움이 가득했다

# 개미들의 죽음

페레스트로이카로
제국의 영광이 사라지고
러시아가 남았지
고르바초프

인민을 버리고
이성도 신에게 반납하고
키이우, 돈바스 공격했지
푸틴스키

외롭게 발가벗긴
우크라이나여
영토를 사수하라
젤렌스키

이스라엘이여
팔레스타인이여
수많은 개미들의 죽음을
어찌하려는가

# 위선의 시대

싸늘한 시신으로 돌아온 그분의 자리엔
우리가 알던 소중한 것은 남아 있지 않았다
죽음의 공허만이 짙게 드리워져 있었다
그것은 촛불혁명의 그림자였다

시민들이 만들어준 죽창의 기세는 대단했었다
적폐를 청산하라 토착 왜구를 박멸하라
그들은 거침없이 내뱉었다
세례 요한의 의로운 광야의 외침이었다

그러나 시간이 흐르고
혁명의 순수는 퇴색해 갔다
그들은 술에 취한 듯 눈이 발개진 채
침을 튀기며 눈을 부릅뜨며 꼬인 혀로 내뱉었다
그들의 정의는 정의롭지 않았다
그들의 공정은 공정하지 않았다
내로남불 괜찮아
역사와 정의는 우리 편이야

어느 가수가 노래했지
우리들의 낯은 두꺼워졌고
우리들의 순수는 퇴색했다

아이러니…

촛불의 그림자는 보여 주었을까
인간이란 스스로 위대해질 수 없고
혁명을 완수할 힘이 없고
궁극의 구원에 이를 수 없음을

그는 끝내 자신의 나약함과 자기모순을 건디지 못했다
고결한 명예가 꽃처럼 떨어질 때
그는 죽음이 임박했음을 알았다
아, 죽음의 자리는 얼마나 쓸쓸한가

우리라면 무엇을 선택했을까
우리 범인들은 죄의 수치도 모르고
위선도 능히 견뎌내며 죽지도 못하기에
오직 의인만이 죽을 수 있을지 모르겠다

# 후지산에 올라

죽기 전에 한 번 가봐야 한다는
후지산에 올랐다

후지산의 정상은 위대했다
구름이 저 아래에 있고
눈 부신 태양도 눈앞에 있었다

창조의 신비 속에
말할 수 없는 공허와 두려움이
나를 압도하고 있었다

나는 그곳에서 혼자였고
더 이상 머무를 수 없었다
한순간도 높아질 수 없는 우리는
또다시 저 아래 세상으로
힘들여 내려가야만 했다

매일 부딪히고 섞어지고
어우러짐이 있는 저 아래
그곳이 또한 얼마나 소중한가

조동일 제1시집
자유의 몸짓

제4부

## 바람이 지나간 자리

# 바람이 분다

바람이 분다
바람이 분다
꽃을 피우기 위하여
노래를 부르기 위하여

바람이 분다
모든 것이 부드럽게
너도
나도
부드럽게

온갖 아픔을 씻기 위하여
바람이 분다
바람이 분다

# 통영의 아침

통영 스탠포드 호텔에서
눈부신 아침을 맞는다
가끔은 이렇게 혼자가 좋다

아쉬웠던 순간이 떠오르고
후회가 되는 일들도 소환된다
나를 부끄럽게 했던
의미 없는 몸짓들이
문득 헛된 공허 속에
떠돌아다닌다

나는 생각의 조각들을
하나씩 정리한다

호텔 창밖으로
푸른 바다가 들어온다
한가롭고 아름답다
삶의 무게와 치열함이
저 속에는 없을 터이다

# 살아나리라

이름 없는 들풀이여
너는 살아나리라
힘겨운 겨우살이도
살아나리라

깊은 그리움으로 견디어
메마른 벌판에
굳센 뿌리 내렸기에
너는 살아나리라

바람이 불면
동천의 강둑 길 따라
작은 업동 마을 굽이 돌아
새파란 보리밭 지나
논두렁 실개울 건너

아침 이슬처럼 영롱하고
가장 순결한 모습으로
이름 없이 자란 너는
살아나리라
끝내 살아나리라

# 코로나의 봄

창밖에 비가 온다
누가 봄이 왔다 하는가

코로나가 차지한 이곳엔
기쁨도 환희도
슬픔마저 없구나

한때의 허전함마저
사라진 이곳에
인고의 매화가 피었다고
누가 말하는가

사람들의 발길이 끊어지고
모든 시계가 멈춰버린
이 정적의 도시에
살아있는 것들의 호흡이 끊어진
메마른 벌판에
누가 봄이 왔다 하는가

# 코로나의 시간

한여름 금지된 거리에는
어떠한 흔적도 없었다
바람이 모두 데리고 가버렸다
불이 꺼져 있었다

사람들의 온기가 없었다
신도 침묵하고 있었다
전염병이 왜 왔는지
누구도 말해주지 않았다

사람들은 두려움 때문에
어디론가 숨어버린 듯했다
정적만이 가득한 거리는
모든 것이 끝난 것처럼 보였다

우주의 마지막 정거장에서
최후의 순간마저 지나가 버린
포스트 타임 같았다
그 시간이 다가온 것 같았다

# 바람 부는 날

오늘은 바람 부는 날
어디로 갈까

홀연히 하얀 겨울
정처 없는 여정의 끝자락

바람이여!
모든 것을 비우는가
허기진 계절은 까칠한 손길로
낯선 황야를 더듬어 가고

나는 오늘 저녁노을에 젖어
갈 곳을 잃었다

곧은 신념의 깃발들은
저무는 하늘에서 펄럭임을 접는다
아, 나도 모두 비우며
한 줄기 바람결이 될까

체온을 잃은 바람은
바람의 몸살로 떠날 때
나도 먼 나라로 떠나리
굽이굽이 황야를 넘어서

# 제주에서 만난 사람

제주의 거리는
낯선 사람들로 붐비고 있었다
그들은 파도처럼 밀려왔다가
썰물처럼 빠져나가고 있었다
나는 이방인처럼 서 있었다

문득 광해왕이 다가왔다
나라와 백성을 뜨겁게 사랑했던
조선의 왕, 시대의 풍운아

전란에서 백성을 구하고
대동법을 실시하고
중립 외교로 나라를 지켰으나
폐모살제를 하고
신하들을 함부로 죽인 죄로
이곳에 유배된 때를 떠올렸다

사백 년 후 그는 다시 나타나
평온한 모습으로
이제 비로소 자유를 얻었노라
의연히 말하며 사라졌다

바람에 이끌리어 해변으로 가니
아득한 바다가 한눈에 들어왔다
멀리 수평선 위로 하얀 은빛 파도가
끝없이 부서지고 있었다

그가 다시 나에게 다가왔다
구름 사이로 빛이 쏟아지고 있었다

# 철 지난 바닷가

하늘과 맞닿아 있는
철 지난 바닷가
중도를 다시 찾았다

그곳에 뿌려진
기억의 흔적들
망각의 조각들
하얀 파도에 씻겨 부서진들
그러한 상실이란
얼마나 아름다운가

흔적 없는 바닷가엔
천년의 미련과
애착으로 가득하구나

철 지난 바닷가엔
흩어진 흔적과 조각들이
끝없이 부서지고 있었다

# 어머니 오시어요

어머니 오시어요
어머니의 귀에 대고
다정히 속삭여 드릴게요
그리고
어머니의 품속에 안겨
얼굴을 묻고 잠들게요

어머니 오시어요
내 영혼이 목마른 이 밤
하얀 소복을 입으시고
손에 촛불을 들고
생전의 고운 모습으로
바로 그 모습으로 오시어요

어머니 나에게 오시어요
사랑이 결핍되고
정에 목마른 나에게
달콤한 생수를 주시어요

# 어머니

어머니
새벽에 꿈을 꾸었어요

어머니는
먼 나라에 가셨다구요

그리움이 터져
가슴이 터져
어머니를 불렀어요

이렇게 막막하고
가슴이 미어질 줄 몰랐어요

어머니 보고 싶어요
당신 품속에 파묻혀
흐느끼다 지쳐
편히 잠들고 싶어요

그해 추운 겨울
힘없이 무너진 어머니
쓰러진 어머니를 보듬었죠

세월이 유수같이 흘러도
어머니가 돌아올 날을
우리는 기다렸어요

어머니는 그동안
우리를 지독히도 지켜주었지요
꿈도 심어주었어요
사랑을 뿌려주셨어요

형제들은 약속했어요
울지 말자고
더 이상 어머니를 기다리지 말자고
우린 약속했어요

그리움에 가슴이 터져도
저만치서 손을 흔들어주시는
아, 나의 어머니가
그 어딘가에 계시지 않겠어요

# 순덕이 어머니

1980년 월산동에서
우리가 주리고 목마를 때
따뜻한 밥 한 끼 먹여주신
내 조카 순덕이 어머니

우울했던 그해 오월에도
우리 청춘 손 꼭 잡아주시던
그 따스함, 그 사랑을
어찌 잊으리

슬퍼하지 말자
아무도 몰랐으리라
내게도 예전엔
그런 어머니가 있었음을

모진 겨울 멀리 가신
나의 어머니를 남몰래
심장 속에 새겨
그 지고의 사랑과 희생을
노오란 은행잎처럼
책갈피 속에 넣어 두었거든

남모를 눈물 한 방울도
예쁜 속단지에 소중히
담아 두었거든

# 태풍 솔릭

솔릭이 지나간 자리
고요가 나를 찾아왔다

어느새 일상으로 돌아와
어떤 흔적도 남아 있지 않다

여름을 장식했던 폭염은
다시 이 땅에 촉수를 뻗어
어제의 여전함을 말해준다

나는 원했었다
지리한 폭염을 식히고
삶의 지루함을 바꾸어 줄
새롭고 신선한
강한 비바람이 불어주길

그러나 사람들은
내가 너무 나약하다고 수군댔다

나에게 다가온 솔릭은
이제 여기에 없다
여기에 머무르지 않았다

# 바람아 너는

바람아 너는 알고 있느냐
흔들리는 가지가 있어
너의 존재가 드러나지

바람아 너는 어디 있느냐
흔들리는 들풀이 있어
너의 소리가 들리지

바람아 너는 아느냐
굳세게 버티는 나무가 있어
너의 강함을 알 수 있지

바람 앞에는
부서지는 파도가 있고
바람 앞에는
하늘에 떠가는 구름이 있나니

아, 나도 바람을 타고
어디론가 가볼까

# 산다는 것

산다는 것은
때로는 바람에 흔들려
갈피를 잡지 못하고
부서지고 흩어진다
그러다가 다시
들풀처럼 일어선다

산다는 것은
때때로 급류에 휩쓸려
정신없이 떠내려가다가
바윗돌에 부딪힌다
그러나 마침내
저 넓고 무한한 바다로
도도히 흘러간다

산다는 것은
유유히 떠가는 조각배처럼
넓은 바다에서
그리움으로 표류한다

# 그의 방랑

인생을 뜬구름이라 했다
그는 끝없는 유랑 속에
꿈속을 거닐 듯
자유인으로 살았다

그의 여정은 무위와 걸식
시와 술, 그리고
끝없이 버리고 떠나는 것이었다

나는 고개를 들어
한 조각 구름이 된 그의 여로를
시샘하는 눈길로 바라보았다

그가 남긴 건 구름이요 바람,
그의 끝없는 방랑을
하얀 언덕에 서서 그리워했다

# 백양사의 암자

하늘과 맞닿은
저 높은 암자에서
우수수 떨어지는
나뭇잎을 바라보았다

아슬아슬하게
속세에 떨어지는
자비를 보았다

그윽한 풍경 소리에
세상을 맑게 하는
고요가 있었다

한 줄기 은은한 빛이
저 너른 벌판에
소리 없이
퍼지고 있었다

# 바람이 지나간 자리

그토록 상흔을 남기고
바람이 지나간 자리는 평온했다
내가 생각한 그대로였다

늘 그랬다
온갖 것들을 쓸어버린 자리도
지나간 뒤에는
달라진 것이 없었다

그러나 시간이 지날수록
바람이 지나간 자리는
아련함이 물밀듯이 다가와
가슴을 저밀게 했다

그곳에는 보이지 않는 흔적이
그림자로 남아 있었다

# 봄은 오지 않았다

세상은 정지해 있다
넓은 대지에 비가 내리고
들판에 꽃도 피었지만
이곳엔 환희가 없다

축제의 열기로 가득했던 거리는
연극이 끝난 무대처럼 적막하다
목회자는 텅 빈 예배당을 바라보고
극장에 사람의 발길 끊어졌고
장터의 아낙네들 소리도 들리지 않는다
사람들은 썰물처럼 물러갔다

한때의 기쁨, 탄식도 없다
사람들의 다투는 소리도
저 어두운 골목으로 숨어버렸다
모든 것이 멈춰버린 도시
따뜻한 눈길을 어디에서 찾을까

봄비가 죽은 땅을 깨우고
산에 꽃이 피고
들판의 이름 없는 노란 풀꽃조차
그리운 눈길을 기다리는데
벅찬 삼월의 들녘에는
봄이 아직 오지 않았다

# 휘장을 찢고

주님!
당신과 함께하고픈 마음 간절합니다
나약한 내 삶을
빛 속에 풀어 놓으려는 바램 있어
고여서 빛깔 잃은 삶의 휘장을 찢고
나아가고픈 마음입니다

이다지도 자주 돌아서서
당신에게 십자가를 지움은
스스로 눈이 멀어
나를 볼 수 없는 때문입니다

어지러운 나의 무지에서 벗어나
당신의 지혜를 자리하고
당신의 따스함이 스며올 때
마침내는 어떤 삶보다
밝게 빛나리라 믿습니다

나의 힘이 되신 주여,
당신의 죽음을 통하여
생명에 이르는 흠 없는 나 되고자
당신 사랑의 뜨거운 불로
나를 태우고 싶습니다

# 다시 일어나라

오늘까지만이다
내일은 일어나라
껍데기를 벗고 일어나라
모진 바람 뒤로 하고
내일 다시 일어나라

아직은 춥디추운
겨울의 한복판
그곳에서 머지않아
새잎이 돋아나고
꽃이 피고
나비와 벌이 찾아오리라

우리가 발 디딘 그곳
저 너른 들판에서
다시 일어나리라

# 선풍기

코로나로 힘든 여름날
시내에 나가
선풍기 하나 샀다
돌고 돌고 돌아
시원하게 바람이 분다

에어컨 하나에
선풍기 삼십 대
이걸 알고도
미련하게 너를 멀리했었다

아끼려다 못 사고
게을러서 못 사고
이 찌는 여름을 괴로워했다

이제 돌고 돌아
가슴이 돌고
몸이 돌고
시원하게 돌아간다

# 상사화

그들은 군병처럼 열을 지어
추억의 들길에 피어 있었다
우아하게 펼쳐진 붉은 향연,
내 마음을 흔들어놓은
절정의 시간들이 거기에 있었다

하지만 시간이 흐르자
고운 자태는 빛이 바래고
닳아진 크레파스처럼 퇴색해져 갔다
사랑했던 것들은 사라지고
뜨거웠던 것들은 식어갔다

스치는 바람은 그리움을 품고
추억처럼 멀어져가고 있었다
어디서 날아온 잠자리는
허공을 돌며 꽃들을 어지럽힌다

어느덧 가을이 온 것이다
불타는 사랑은 소리 없이
그리움으로 흘러간다

조동일 제1시집
자유의 몸짓

제5부

자유의 몸짓

# 아침 햇살

향림골에서 아침을 맞는다
창문 사이로 비추는 햇살이 아름답다
동천의 물결도 눈이 부시다
비 온 뒤의 도시는
무진의 신비가 마법처럼 덮고 있다

마침내 의무에서 벗어난 이 시간
온몸에 잠잠함이 쏟아진다

아득한 시절에
기약 없이 시작했던 여정
매산등의 언덕길을 걸으며
돌담의 햇살에게 속삭였던 시간들
그 속에 새겨진 흔적
하지만 이것도 결국
아득한 망각이 되어갈 것을
나는 알고 있었다

달려온 그 길은 영원처럼
바람에 실려 가고
경주를 마친 사람에게
잠깐의 자유가 허락된 것이리라
오늘 아침 햇살은
더욱 따사롭고 아름답다

# 태풍 마이삭

지금 밖에는
거센 폭풍이 몰아치고 있다
태풍 마이삭은 어디에서 와서
도시를 강타하고 있을까

다들 잠들어 있는 시간

나는 심연의 고요에 갇혀 있다
고요 속에는 아픔이 실려 있다
가슴이 미어지는 연민이 있다

고독만이 나를 존재 되게 하리라

숱한 시간들을 지나왔다
앞으로의 시간은 어디로 갈까
태풍 마이삭은 알고 있을까

# 눈 오는 새벽

새벽에 동천을 나가 보니
어두움이 하얗게 걷히고 있었다

우리가 깊이 잠들었을 때
소리 없이 내려와
비둘기 같은 다정한 속삭임으로
하얀 세상을 만들어 놓은 것이다

새벽은 늘 있고
멀리서 동이 터오면
어김없이 한날 시작한다지만
우리를 살아있게 하는 꿈은
힘겨운지도 모르고
하얗게 피어오르고 있었다

자유란
나비의 허공을 휘젓는
아주 작은 날개 짓 하나임을

오늘 동천의 새벽은
나에게 손짓하여
서럽도록 찬란한 고요로

인도한다

동천의 하얀 언덕 위에
오늘의 한시름 놓아둔다

# 장례식장에서

이른 새벽 한 영혼이
이슬처럼 지나간 자리에
사람들이 모인다

잠깐 자는 것 같이
아침에 돋는 풀 같이
저녁에 시든 꽃같이

한 줌의 티끌로 돌아간 인생은
비로소 자유를 맛본다
더 이상 슬픔도 없고
고통마저 없다
온갖 질고에서 벗어난다
이것이 죽음이다

죽음이란 이별이다
산 자들은 죽음을 노래한다
이별을 노래한다

그러기에 사람들아!
겸손하라, 잠잠하라
자기를 부인할 때
참된 자유를 누리리라

# 믿음이란

믿음이란
바람 불어도 끄떡없는
단단한 바위가 아니다
저 언덕에 서 있는
고고한 소나무도 아니다
작은 바람에도 떨리는
한낱 나약한 풀잎이다

믿음이란
바람 불면 흔들리는
연약한 갈대와 같다
혼자서는 설 수 없음을
수없이 자백한다

믿음이란
허공이라도 휘젓는다
지푸라기라도 잡고자
간절함으로 두 손 들어
하늘의 은총을 기다린다

믿음은 떨림이다
세파에서 버텨온 매화처럼
인내의 고통으로 피어난 꽃이다
최후의 희망이다

# 바람 같은 당신이여

바람 같은 당신이시여
내가 여기 있나이다
빛이 없고 어둠도 없는 이곳에
내가 있나이다

해같이 밝은 날
이제는 빛을 보게 하소서
그리하여 세상의 아름다운 것들을
눈으로 보게 하소서

달처럼 다정한 당신이시여
당신의 은은한 속삭임을
내 소라 같은 귀로
이제는 듣게 하소서

내 영혼이 느끼게 하소서
살아있는 모든 그 하나하나를
내 손으로 만지게 하소서

내 삶에서 따뜻한
당신의 온기를 느끼게 하시고
당신의 그 자비로운 미소가

늘 나와 함께 하고 있음을
가슴으로 알게 하소서

먹보다 더 검은 나에게는
오늘도 당신의 사랑과 긍휼만이
희망이나이다

# 꽃다운 죽음

브레이크 풀린 승용차가
길 아래로 미끄러질 때
그녀는 차에 매달린 채
아이를 살려내고
십자가에 매달린 주님처럼
펜스에 부딪혀 쓰러졌다

서른셋의 꽃다운 여인은
다섯 살의 예쁜 딸을 두고
사랑하는 사람들을 등진 채
그렇게 아름다운 생을 떠나갔다

사람들은 돌이킬 수 없는
그녀의 죽음을 슬퍼했다
창조주의 뜻이 어디에 있는지
인생의 정의는 무엇인지
덧없는 인생을 떠올렸다

이른 아침 장례식장에서
하얀 장갑을 끼고
싸늘한 몸 운구하여
머나먼 하늘로 보낸다

우리는 말하지 않았다
이것이 이별이라고
꽃다운 죽음이라고

# 동행

사랑하는 이여
우리가 함께 살아온 날들이
바람처럼 흘렀군요

우리가 서로를 알고 약속했던
추억 짙게 서린 그곳에서
그땐 아직 두려움 없어
미지의 세계를 동경하는 소년들처럼
서툰 모습으로 서 있었지요

그리고 노란 숲속에서
프루스트의 아직 가지 않은 길을
우린 걷기 시작했어요
우리가 걸어간 여정
아련함 가득한 숲속에는
가파른 언덕과 돌들도 많았지요

사랑하는 이여
우리가 때때로 던지워진
빛이 없는 어둠과
열기 없는 세상
메마른 땅이 에워쌀 때

우리를 견디게 하고 이끌어 준 힘은
우리가 걸었던 길 속에 있어요

우리의 꿈, 우리의 몸짓들,
무모한 좌절과 실망과 눈물과 기쁨
사랑과 참을 수 없는 미움과
알 수 없는 근원의 모순,
아, 때로는 창조의 신비 속에
말로 표현할 수 없는 것들 속에
오늘의 우리가 있지 않겠어요

사랑하는 이여
우리는 아직 눈앞의 나무가 서 있는
저 언덕을 넘지 못했지요

하지만 우리는 알고 있었어요
희망은 저 언덕 너머에 있기에
영원의 낙원이 저기 있음을
아직 남아 있는 힘 쏟아
더 가까이 가야 함을
비바람 지나간 이 들판에서도
깨달아야 하는 것이기에

우리 기억하게요
내가 당신의 거친 손 잡아 주리라는 것
나의 손 잡아줄 따뜻한 당신,
바로 내게 사랑하는 이가 있다는 것을
그리고 우리를 바라보는 이들의
우리가 누군가의 희망이 되고 있음을

이것을 나는 동행이라 부를게요

# 진정한 축하

친구여
그런 감투를 썼다고
무엇이 되었다 여기지 말자
사명을 바라보자
거룩한 열정으로
어찌 감당할지 근심하자

친구여
가문의 영광이라 여기지 말자
머지않아
감당키 어려운 두려움이
군사처럼 밀려올지 모른다

우리는 그때 숨죽이며
두 눈 부릅뜬 파수꾼이 되어
사명을 완수해야 하지

친구여
꽃은 보냈다

# 사랑하는 아들아

사랑하는 아들아!
젊은 날 방황은 누구나 하는 것이라 해도
너의 경우는 좀 길게 느껴지는구나
우선 너 자신을 뜨겁게 사랑하라는 말을 하고 싶다
너는 세상에서 가장 소중한 존재로 태어났고
목적을 가진 존재로 살아가고 있지 않니?
자신을 포함한 모든 대상을 사랑하고,
특히 우리 사회와 이웃들에게 유익을 끼칠 수 있는
인생이 되었으면 한다
보편적인 길을 가고
가치 있는 일을 위해 기꺼이 희생하고
헌신하는 용기도 있어야겠지
무슨 일을 하든지 목적이 있고,
기쁨과 감사가 넘치기를 바란다
우리 인간은 누구의 인생도 쉬운 것은 없단다
우리는 모든 것을 참아내고 견뎌내고
마침내는 이겨내야 하지
보편적이고 가치 있고, 정의로운 일을 추구할 때
언제나 기쁨과 보람이 있을 거야
너 자신이 혼자서도 든든히 일어설 수 있는
실력과 기반을 가질 때까지 열심히 준비하기 바란다
아빠도 그렇게 살아왔단다

얼마나 힘든 순간들이 많았는지…
그렇지만, 책임감이 있었기에 버텨냈단다
또한 하나님이 늘 동행해 주신다는 믿음이
희망과 기쁨을 누릴 수 있는 기반이란다
너도 기도해 보거라
분명히 말하건대,
하나님은 우리 아들을 사랑한다
너도 어릴 때부터 진실된 믿음이 있었지 않니

# 아부지

아침 아홉 시에
아부지를 방문한다

요 앞에
운동 갔다 오셨다고
식사했다고 하신다

네, 잘하셨어요
아부지, 건강하세요

아이고, 아들아
빨리 가버렸으면 좋겠다
늙으니까 힘들어,
힘들어

어휴! 아부지
왜 또 그러세요
그래도 아부지는
건강하신 편이셔요

# 아버지의 외출

비 오는 날
수술 경과를 보기 위해
아버지를 모시고 병원에 간다

구십 세가 넘은 아버지
한 걸음 한 걸음이 조심스럽다
우산 펼랴, 접을랴
허리를 펴고 다리에 힘을 주어
한 걸음 내딛는 것이
곡예를 하듯
한없는 연민으로
아버지를 바라본다

집안 제사를 지낼 때
정성이 없다고 역정 내고
선영에게 절하라고 호통치시던
내가 어릴 때 원망하던
그 아버지는 없다

아버지는 오늘 내 앞에서
한없이 연약한 모습으로
한발 한발을 떼고 있다

# 희망

우리에게 희망은
늘 어둠 속에 있나니
고통과 시련은 빛나리라

바람이 지나가듯이
고통이 지나가리라
슬픔과 분노, 탄식이
언젠가는 사라지리라

나를 여태껏 이끌어 온 것은
어둠 속에 있는 희망

깊은 골짜기에서
누군가의 손이
나의 소매를 붙잡으리라
검은 구름이 걷히고
밝은 햇살이 비추리라

# 그 자리에 있게 하라

창밖에서 들려오는
사람들의 아우성 소리
아, 도시의 온갖 소리
저 소리마저 들리지 않으면
고요하겠구나

심장이 뜀을 멈추듯
죽음보다 두려운
정적이 밀려오면
내 그림자마저 사라질까

천금과도 바꿀 수 없는
이 도시를 그냥 두자
살아있는 모든 것 숨 쉬게
바로 그 자리에 두자

# 당신 앞에서

주여, 당신 앞에서
평화를 경험하게 하소서
세상의 절규와 아우성을
잠재우실 분은 오직 주님,
우주와 인생을 초월하는
당신만이 유일합니다

주여, 당신 앞에서
용서를 경험하게 하소서
세상의 다툼과 분쟁을
참된 화해로 인도하실 분은
오직 당신뿐입니다

주여, 당신 앞에서
사랑해야 함을 깨닫게 하소서
세상의 패배자와
누더기 걸친 여인과
울부짖는 아이들을
수렁에서 구하실 분은
오직 당신의 은총입니다

# 생일날의 선물

내 딸아, 두 아들아
아빠 생일을 기억해주어 고맙다
아침에 축하 메시지도 잘 봤다
내가 너희를 사랑한다

너희들이 어렸을 때부터
우리에게 선사해준 웃음과
그 기쁨은 말할 수 없이 컸단다
세상에서 그렇게 아름다운 선물이
어디 있었겠니

이렇게 잘 커 줘서 고맙다
우리에겐 '아무것'도 없었는데
너희들은 우리의 '모든 것'이었구나

아이들아, 이제부터는 너희들의
정직하고 진실한 땀의 대가가
가져다줄 위대한 꿈을 바라보렴
그 순간을 위해 기도할게

# 일상의 기적

아침에 눈을 뜨고
침대에서 일어나
기지개를 켜고
세수를 하고
밥을 먹고
양치질을 하고
차를 마시고
밖에 나가서 바람을 쐬며
괴테의 글을 사랑하고
칸트의 산책을 한다

이것은 천상의 경험이요
기적이다
바로 당신과 함께
매일 숨 쉬는 일상이다

# 울 딸

이 시대에
대학을 졸업한 울 딸은
아직 집에 있다

오늘도 공부
내일도 공부 모레도 공부
아르바이트도 하지
조만간 좋은 소식 있겠지

울 딸 부엌 싱크대에서
엄마와 소곤소곤
엄마가 끄덕끄덕
계란 넣고 양념 넣고

오늘 저녁은 잘 먹었어
이렇게 맛있는 스파를
언제 배웠니

# 마음은 그릇

마음은 그릇과 같아서
밥도 담고 국도 담고
김치도 담고
아내의 사랑도 담지

작은 돌멩이 하나에
깨어진 그릇에는
따뜻한 된장국도
담을 수 없지

마음은 그릇과 같아서
정도 담고
기쁨도 담고
때로는
쓰디쓴 쑥물과
슬픔도 담아야 하지

# 하얀 편지

주여, 온 대지와 만물이
재생의 몸부림을 칠 때
유독 나의 영혼만이 탄식하노니
여기 기도하는 영혼은
하얀 편지를 가슴에 씁니다

주여, 나에게 힘을 주소서
나의 삶에도 빛을 주시고
승리의 개가가 있게 하소서

부조리에 맞설 용기를 주시고
남을 사랑할 줄 알며
죄인의 인생에도 연민을 갖게 하소서

거짓과 위선으로 가득한 세상에서
작은 것에 눈물을 흘릴 줄 아는
긍휼과 자비의 삶이 되게 하시고
늘 진실이 있게 하소서

내 영혼을 당신께 맡기노니
하얀 편지가 되게 하소서

# 절대 믿음

오늘도 분을 내고 말았다

미숙함이다
어리석음이다
교만함이다

실패할 수 있고
시간이 걸리고
내 인생이 지루해진다고 해도
다시 본래로 돌아가야 한다

참된 나 됨으로
내 안의 깊이로
무모한 인내심으로
선을 행하리라

넘어져도 다시 시작하리라
멈추지 않으리라

나에게 행운 주신 분을 향한
행함과 진실함으로
절대 믿음으로 나아가리라

# 자유의 몸짓

오늘 언덕길 모퉁이에
우두커니 홀로 서 있었다
어디로 가야 할지
바람에 실려
한 조각 구름으로 떠다녔다

새처럼 자유를 찾아
하늘을 날았다

푸른 창공을 날을 수 있는
그런 세상을 꿈꾸며
날갯짓 했다

멀리 먹구름 틈 사이로
눈 부신 햇살을 보았다
환희가 있었다
희망이 있었다

오늘 나는 그곳에 있었다

# 자유의 몸짓 - 조동일 시집

**초판 1쇄 찍은 날** | 2024년 07월 09일
**초판 1쇄 펴낸 날** | 2024년 07월 12일

**지은이** | 조 동 일
**펴낸이** | 최 봉 석
**디자인** | 정 일 기

**펴낸곳** | 동산문학사
**출판 등록** | 제611-82-66472호
**주소** | 광주광역시 남구 대남대로 340, 4층(월산동)
**전화** | (062)233-0803
**팩스** | (062)233-0806
**이메일** | dsmunhak@hanmail.net

값 12,000원

ISBN 979-11-88958-98-6 03810

※ 후원 : 전라남도 JeollaNamdo  전라남도 문화재단
※ 이 책은 전라남도 · 전라남도 문화재단의 후원을 받아 발간
  되었습니다.
※ 잘못된 책은 교환해 드립니다.